百年新诗百部典藏／马启代 主编

胡适诗选

胡 适 著

马启代 马晓康 编

江苏凤凰美术出版社

全国百佳图书出版单位

图书在版编目（CIP）数据

胡适诗选 / 胡适著；马启代，马晓康编 . -- 南京
江苏凤凰美术出版社，2018.10
（百年新诗百部典藏 / 马启代主编）
ISBN 978-7-5580-5121-0

Ⅰ．①胡… Ⅱ．①胡… ②马… ③马… Ⅲ．①诗集－
中国－现代 Ⅳ．① I226

中国版本图书馆 CIP 数据核字（2018）第 198331 号

责任编辑　曹昌虹
装帧设计　小马工作室
责任监印　唐　虎

书　　名　胡适诗选
著　　者　胡　适
编　　者　马启代　马晓康
出版发行　江苏凤凰美术出版社（南京市中央路 165 号 邮编：210009
　　　　　北京凤凰千高原文化传播有限公司
出版社网址　http://www.jsmscbs.com.cn
印　　刷　河北飞鸿印刷有限责任公司
开　　本　710mm×1000mm　1/16
印　　张　10
版　　次　2020 年 4 月第 1 版　2020 年 4 月第 1 次印刷
标准书号　ISBN 978-7-5580-5121-0
定　　价　28.00 元

营销部电话　010-64215835-801
江苏凤凰美术出版社图书凡印装错误可向承印厂调换　电话：010-64215835-801

总序

转眼新诗已百年

马启代

　　早在 20 世纪的最后几年，大家已在议论新诗百年的事情，近年来，"新诗百年"的话题和各类活动甚至与社会商业活动携手并肩、大有超越诗歌本身的勃兴之势。事实上，看似在热闹中诞生的新诗，其本性与喧嚣并无基因上的联系。艺术与人类历史一样，有着表面风风火火的一面，也有着沉潜低回的另一条趋线。作为伴随新文学诞生的一个新兴文体，它呱呱坠地的时代的确可以用狂飙突进来标示，故我虽一向把社会"思潮"与"诗潮"的相伴相随作为认识百年新诗的一个重要视角，但我并不认同仅仅把波涛浪峰上的那些弄潮者看作新诗百年的代表，也就是说那些以潮流和流派及其风云人物为特征的历史叙事所构成的只是一个粗线条的描述，正是"思潮"与"诗潮"的历史共振，加上民族危难和社会动荡所造成的探索中断和精神异化，新诗所欠下的旧账一再被后来者忽略或轻视，仿佛一个亢奋的战士，冲锋中丢弃了装备，几番沉浮，在这个百年的节点，正是反思得失、检视成败的契机。当然，作为在争论甚至反对声中活得多数时候都青春四射的新诗，对质疑和批评的回应与对自身缺憾和弊端的正视从来都是一体两面需要痛加剖析、修正的问题。

　　我想略通"近代史"的人都会理解，产生于春秋战国以来极少出现的思想自由争鸣时期的新文学，结出新诗这个果实，既是必然，也显得匆忙。我们至今对它的称谓还有争议，如白话诗、自由诗、新诗、朦胧诗、现代诗、汉语新诗、新汉诗等，各有历史定位和美学指向，但莫衷一是，互不认同。此外，关于新诗诞生的历史成因、艺术脉络也各执一词，互有个见。我曾在《新汉诗十三题》中说过，它的源头不是旧诗，它与古诗、律诗、词、曲的代终体换不同，新诗直接来源于外国诗，不是一般的启示与借用，但新诗最终应是民族文化求新求变的产物皆赖于外来文化的刺激复活以及几代学人承前启后的不懈挽救。借此界定新诗的生日——假如非要有一个最大认同公约数的时间，我想，既不是胡适在《尝试集》中几首诗后面标注的 1916 年，也不是《新青年》2 卷 6 号刊发胡适《白话诗八首》的 1917 年，而应是《新青年》4 卷 1 号刊登胡适、沈尹默、刘半农九首诗的 1918 年 1 月。显然，作为《白话文学史》作者的胡适，深知"白话诗"与"新诗"在观念、精神和美学追求上的不同。他在 1917 年 1 月发表在《新青年》上的《文学改良刍议》被认为脱胎于美国女诗人洛威尔的《意象派宣言》，而意象派运动其主要旨趣在于解放英语诗歌的形式和语言，尽管他的代表人物庞德据说受益于中国古典诗歌的翻译。

但毋庸置疑的是，新诗承续了发端于 18 世纪以来世界范围内的诗歌自由化趋向，其背后蕴藏的历史人文内涵和深刻的人类精神走向乃潮流和大势。百年来，世界和中国都发生了许多亘古未有的大变化，人类在苦难和荣光中创造的无数诗篇，成为记录人类心灵和精神变化的珍品。尽管至今尚有人对新诗做出实验失败的定论，近年旧体诗创作日隆，也大有复兴的气象，但无须争辩的事实是：首先，新诗是个伟大而粗糙的发明（沈奇语），它无愧于百年风雨沧桑的砥砺磨洗（张清华语），你即便说它不成功，但也不能无视它有成就（桑恒昌语），穿越百年的时光隧道，战争、天灾、人祸以及正常或不正常的生存考验，新诗已经成为现代人重要的灵魂洗礼和精神救赎的载体。熊辉教授在《纪念新诗百年》中认为百年新诗的发展，最大的成功是确立了自身的文体优势。分行排列的自由书写成为承载现代人情感和思想的有效形式，而吕进教授把新诗看作"内视点"文学的主张，为现代新诗内在形式的确立提供了理论依据。其次，新诗采用大量口语和白话进行书面转化，使古老的汉语焕发出新的生机，重新把优雅与深邃找回，其在唤醒和复活民族灵性上体现出无可替代的前景。最后，我认为新诗与社会思潮与生俱来的根性联系，使其始终勃发着一颗求新求变的魂魄，百年来，它对于中国人精神的塑造居功至伟。

当然，一个百年的文体也许还处于未完成时，尽管许多文学史、诗歌史已翻来覆去根据不同时期的政治需要和个人诉求做过这样那样的修订甚至重写，事实上，所谓百年我们也不妨做模糊的理解，百年新诗也许尚未走出自己的青春期，业已形成的传统还显单薄，无论是文本本身还是理论批评范畴都面临着很多需要解决的问题。新诗不是"作诗如作文，作诗如说话"（胡适语）那样简单，断然不能把一种精神倡导理解为实践指南，正如不能把"下半身写作"理解为"写下半身"，把"口语写作"理解为"口水写作"。尽管民歌民谣给了自由化写作最初的滋养和激发，成就了彭斯和华兹华斯等不朽的歌唱，但新诗随着现代思想的传播，不适合进化论的艺术需要坚守和弘扬的恰恰是最初的和最原始的人的精神和梦想，最本真、最本质的感动。新诗突破了古典诗歌"触景生情"和"睹物思人"的套路，注入了"以思触诗、以诗触思"的感悟和体验，形成了"缘情言志寓思"的现代模式，这些皆赖于中西文化交汇中英美的浪漫主义和法德的现代主义诸流派的深度浸润。但一个文体既有它自我革新和不断蜕变的免疫能力，也有自我阉割的自杀倾向。如今，经历多层磨砺和戕害的新诗呈现出精神伦理和艺术审美上的诸多问题，"生底颤动，灵底喊叫"（郭沫若语）极有被废话、脏话淹没的危险。我在《百年新诗的"三度"迷失》和《当下诗歌创作的"三化"警示》两文中做了解析和指认。据此而论，吕进教授提出新诗的"三个重建"和"二次革命"多年，在展望未来时的确应引起我们的深思。

　　时光如白驹过隙，对于天地历史而言，百年不过弹指间的一个刹那，但于人于事，一个世纪毕竟暗藏着天翻地覆。适逢新诗百岁，借此数语，聊寄祝福！

目　录

答梅觐庄

一

"人闲天又凉"，老梅上战场
拍桌骂胡适，"说话太荒唐！"
说什么"中国要有活文学！"
说什么"须用白话做文章！"
文字岂有死活！白话俗不可当！
把《水浒》来比《史记》，
好似麻雀来比凤凰。
说"二十世纪的活字，
胜于三千年的死字"，
若非瞎了眼睛，
定是丧心病狂！

二

老梅牢骚发了，老胡呵呵大笑。
"且请平心静气，这是什么论调！
文字没有古今，却有死活可道。
古人叫做"欲"，今人叫做"要"。
古人叫做"至"，今人叫做"到"。
古人叫做"溺"，今人叫做"尿"。

本来同是一字，声音少许变了。
并无雅俗可言，何必纷纷胡闹？
至于古人叫"字"，今人叫"号"；
古人悬梁，今人上吊；
古名虽未必不佳，今名又何尝不妙？
至于古人乘舆，今人坐轿；
古人加冠束帻，今人但知戴帽；
这都是古所没有，而后人所创造。
若必叫帽作巾，叫轿作舆，
何异张冠李戴，认虎作豹？
总之，
"约定俗成之宜"，
荀卿的话很可靠。
若事事必须从古人，
那么，古人"茹毛饮血"，
岂不更古于"杂碎"？岂不更古于"番菜"？
请问老梅，为何不好？

三

"不但文字如此，
文章亦有死活。
活文章，听得懂，说得出。
死文章，若要懂，须翻译。
文章上下三千年，
也不知死死生生经了多少劫。
你看《尚书》的古文，
变成了今文的小说。
又看《卿云》《击壤》之歌，

变作宋元的杂剧。
这都因不得不变，
岂人力所能强夺？
若今人必须作汉唐的文章，
这和梅觐庄做拉丁文有何分别？
三千年前的人说，
"檀车幝幝，
四牡痯痯，
征夫不远。"
一千年前的人说，
"过尽千帆皆不是，
斜晖脉脉水悠悠。"
三千年前的人说，
"卜筮偕止，
会言近止，
征夫迩止。"
七百年前的人说，
"试把花卜归期
才簪又重数。"
正为时代不同，
所以一样的意思，有几样的说法。
若温飞卿辛稼轩都做了《小雅》的文章，
请问老梅，岂不可惜？
袁随园说得好：
"当变而变，其相传者心。
当变而不变，其拘守者迹。"
天下那有这等蠢才，
不爱活泼泼的美人，
却去抱冷冰冰的冢中枯骨。

四

老梅听了跳起，大呼"岂有此理！
若如足下之言，
则村农伧父皆是诗人，
而非洲黑蛮亦可称文士！
何足下之醉心白话如是！"
老胡听了摇头，说道："我不懂你。
这叫做'东拉西扯'。
又叫做"无的放矢'。
老梅，你好糊涂。
难道做白话文章，
是这么容易的事？
难道不用'教育选择'，
便可做一部《儒林外史》？"
老梅又说：
"一字意义之变迁，
必经数十百年，
又须经文学大家承认，
而恒人始沿用之焉。"
老胡连连点头："这话也还不差。
今我苦口哓舌，算来却是为何？
正要求今日的文学大家，
把那些活泼泼的白话，
拿来'锻炼'，拿来琢磨，
拿来作文演说，作曲作歌——
出几个白话的嚣俄，
和几个白话的东坡。
那不是'活文学'是什么？

那不是'活文学'是什么？"

五

"人忙天又热，老胡弄笔墨。
文章须革命，你我都有责。
我岂敢好辩，也不敢轻敌。
有话便要说，不说过不得。
诸君莫笑白话诗，
胜似南社一百集。"

1916 年 7 月 22 日

本诗录自同目作者留学月记。又题《新大陆之笔墨官司》。

孔　丘

"知其不可而为之"，
亦"不知老之将至"。
认得这个真孔丘，
一部《论语》都可废。

1916 年 7 月 29 日

　　本诗载 1917 年 2 月 1 日《新青年》第 2 卷第 6 号。收入初版《尝试集》时有两段前言，即《论语》中"知其不可而为之"和"不知老之将至"的两段文字。

窗上有所见口占

两个黄蝴蝶，双双飞上天。
不知为什么，一个忽飞还。
剩下那一个，孤单怪可怜，
也无心上天，天上太孤单。

1916 年 8 月 23 日

本诗录自同日作者留学日记。亦题《朋友》《蝴蝶》。诗后记云："这首诗可算得一种有成效的实地试验。"作者在 1933 年 12 月 3 日撰成的《逼上梁山》中追述了其缘起："有一天，我坐在窗口吃我自做的午餐，窗下就是一大片长林乱草，远望着赫贞江。我忽然看见一对黄蝴蝶从树梢飞上来，一会儿，一只蝴蝶飞下去了，还有一只蝴蝶独自飞了一会，也慢慢地飞下去，去寻他的同伴去了。我心里颇有点感触，感触到一种寂寞的难受，所以我写了一首白话小诗，题目就叫做'朋友'。"

赠朱经农

六年你我不相见，
见时在赫贞江边；
握手一笑不须说，
你我于今更少年。

回头你我年老时，
粉条黑板作讲师；
更有暮气大可笑，
喜作丧志颓唐诗。

那时我更不长进
往往喝酒不顾命；
有时镇日醉不醒，
明朝醒来害酒病。

一日大醉几乎死，
醒来忽然怪自己：
父母生我该有用，
似此真不成事体。

从此不敢大糊涂，
六年海外来读书。

幸能勉强不喝酒，
未可全断淡巴菰。

年来意气更奇横，
不消使酒称狂生。
头发偶有一茎白，
年纪反觉十岁轻。

旧事三天说不全，
且喜皇帝不姓袁。
更喜你我都少年，
"辟克匿克"来江边。
赫贞江水平可怜，
树下石上好作筵。
黄油面包颇新鲜，
家乡茶叶不费钱，
吃饱喝胀活神仙，
唱个"蝴蝶儿上天！"

1916 年 8 月 31 日

本诗原载 1917 年 2 月 1 日《新青年》第 2 卷第 6 号。有序云：
"经农自美京来访余于纽约，畅谈极欢。三日之留，忽忽遂尽。别后终日不乐，作此寄之。"

尝试篇

"尝试成功自古无！"
放翁这话未必是。
我今为下一转语：
自古成功在尝试！
请看药圣尝百草，
尝了一味又一味。
又如名医试丹药，
何嫌六百零六次？
莫想小试便成功，
那有这样容易事！
有时试到千百回，
始知前功尽抛弃。
即使如此已无愧，
即此失败便足记。
告人此路不通行，
可使脚力莫枉费。
我生求师二十年，
今得"尝试"两个字。
作诗做事要如此，
虽未能到颇有志。
作"尝试歌"颂吾师，

愿大家都来尝试!

1916 年 9 月 3 日

本诗初见于作者留学日记,有长序。载 1917 年 6 月《留美学生季报》夏季第 2 号。1920 年 3 月收入初版《尝试集》时作为全集之序篇,诗末句原作:"愿吾师寿千万岁。"

他

你心里爱他，莫说不爱他。
要看你爱他，且等人害他。
倘有人害他，你如何对他？
倘有人爱他，更如何待他？

1916 年 9 月 6 日

本诗录自同日作者留学日记。有序云："日来东方消息不佳，
昨夜偶一筹思，几不能睡。梦中亦仿佛在看报找东方消息也。今晨
作此自调。"后载《新青年》《尝试集》时改序为前注："思祖国也。"

病中得冬秀书

一

病中得他书，不满八行纸，
全无要紧话，颇使我欢喜。

二

我不认得他，他不认得我，
我总常念他，这是为什么？
岂不因我们，分定长相亲，
由分生情意，所以非路人？
海外"土生子"，生不识故里，
终有故乡情，其理亦如此。

三

岂不爱自由？此意无人晓：
情愿不自由，也是自由了。

1917 年 1 月 16 日

本诗原载 1920 年 3 月初版《尝试集》。

论诗杂记

一

"从天而颂之，
孰与制天命而用之？"
我爱荀卿《天论赋》，
每作倍根语诵之。

二

"黄昏到寺蝙蝠飞，……。
芭蕉叶大栀子肥。"
此是退之绝妙语，
何须"涂改《清庙》《生民》诗"？

三

"学杜真可乱楮叶，"
便令如此又怎样？
可怜"终岁秃千毫"，
学象他人忘却我！

1917 年 1 月 20 日

本诗录自 1920 年 3 月初版《尝试集》。这组诗同日作者留学日记中共有四首，题作《论诗杂诗》。第一首为"三百篇诗字字奇，能欢能怨更能思。颇怜诗史开元日，不见诗人但见诗。"

一　念

　　我笑你绕太阳的地球，一日夜只打得一个回旋；
　　我笑你绕地球的月亮，总不会永远团圆；
　　我笑你千千万万大大小小的星球，
　　总跳不出自己的轨道线；
　　我笑你一秒钟走五十万里的无线电，
　　总比不上我区区的心头一念！
　　我这心头一念：
　　才从竹竿巷，忽到竹竿尖；
　　忽在赫贞江上，忽在凯约湖边；
　　我若真个害刻骨的相思，
　　便一分钟绕遍地球三千万转！

1917 年 9 月

　　本诗原载 1918 年 1 月 15 日《新青年》第 4 卷第 1 号。诗后记
云："今年在北京，住在竹竿巷，有一天忽然由竹竿巷想到竹竿尖。
竹竿尖乃是吾家村后的一座最高山的名字。因此便做了这首诗。"

鸽 子

云淡天高
好一片晚秋天气！
有一群鸽子，
在空中游戏。
看他们三三两两，
回环来往，
夷犹如意——
忽地里，翻身映日
白羽衬青天，
鲜明无此！

1917 年 10 月

本诗原载 1918 年 1 月 15 日《新青年》第 4 卷第 1 号。

人力车夫

"车子，车子！"车来如飞。

客看车夫，忽然中心酸悲。

客问车夫，"你今年几岁？拉车拉了多少时？"

车夫答客，"今年十六，拉过三年车了，你老别多疑。"

客告车夫，"你年纪太小，我不坐你车。

我坐你车，我心惨凄。"

车夫告客，"我半日没有生意，我又寒又饥。

你老的好心肠，饱不了我的饿肚皮。

我年纪小拉车，警察还不管，你老又是谁？"

客人点头上车，说"拉到内务部西！"

1917 年 11 月 9 日

本诗原载 1918 年 1 月 15 日《新青年》第 4 卷第 1 号。收入初版《尝试集》时去了最后一句。

老 鸦

一

我大清早起，
站在人家屋角上哑哑的啼。
人家讨厌我，说我不吉利——
我不能呢呢喃喃讨人家的欢喜！

二

天寒风紧，无枝可栖。
我整日里飞去飞回，整日里挨饥——
我不能替人家带着鞘儿翁翁央央的飞，
也不能叫人家系在竹竿，赚一撮黄小米！

1917 年 12 月 11 日

　　本诗原载 1918 年 2 月 15 日《新青年》第 4 卷第 2 号。序云：
"六年十二月十一日重读易卜生《国民公敌》戏本，欲作一诗题之。
是夜梦中做一诗，醒时乃并其题而忘之。出门见空中鸽子，始忆梦
中诗为《咏鸽与鸦》，然终不能举其词。因为补作成二章。"收入
初版《尝试集》时字句略有改动。

三溪路上大雪里一个红叶

我行山雪中，抬头忽见你！
我不知何故，心里很欢喜；
踏雪摘下来，夹在小书里；
还想做首诗，写我欢喜的道理。
不料此理很难写，抽出笔来还搁起。

1917 年 12 月 22 日

本诗原载 1918 年 10 月 15 日《新青年》第 5 卷第 4 号。收入初版《尝试集》时第一句改为"雪色满空山"。

新婚杂诗

一

十三年没见面的相思，于今完结。
把一桩桩伤心旧事，从头细说。
你莫说你对不住我，
我也不说我对不住你——
且牢牢记取这十二月三十夜的中天明月！

二

回首十四年前，
初春冷雨，
中邨箫鼓，
有个人来看女婿。
匆匆别后便轻将爱女相许。
只恨我十年作客，归来迟暮，
到如今，待双双登堂拜母，
只剩得荒草新坟，斜阳凄楚！
最伤心，不堪重听，灯前人诉，阿母临终语！

三

重山叠嶂，

都似一重重奔涛东向！
山脚下几个村乡，
百年来多少兴亡，不堪回想！
更何须回想！
想十万万年前，这多少山，
这都不过是大海里一些儿微波暗浪！

四

记得那年，你家办了嫁妆，我家备了新房，
只不曾捉到我这个新郎！
这十年来，换了几朝帝王，看了多少世态炎凉，
锈了你嫁奁中的刀剪，
改了你多少嫁衣新样——
更老了你和我人儿一双——
只有那十年陈的爆竹，越陈偏越响！

五

十几年的相思刚才完结，
没满月的夫妻又匆匆分别。
昨夜灯前絮语，全不管天上月圆月缺。
今宵别后，便觉得这窗前明月，
格外清圆，格外亲切！
你该笑我，饱尝了作客情怀，别离滋味，
还逃不了这个时节！

1918 年 1 月

　　本诗原载 1918 年 4 月 15 日《新青年》第 4 卷第 4 号。第三首有前言云："与新妇同至江村，归途在杨桃岭上望江村、庙首诸村，及其北诸山。"第四首原有尾注，初版《尝试集》中改为前言。云："吾订婚江氏，在甲辰年。戊申之秋，两家皆准备婚嫁，吾力阻之，始不果行。然此次所用嫁妆，犹为十年旧物。吾本不欲用爆竹，后以其为吾母十年前所备，不忍不用之。"

除　夕

除夕过了六七日，
忽然有人来讨除夕诗！
除夕"一去不复返"，
如今回想未免已太迟！
那天孟和请我吃年饭，
记不清楚几只碗，
但记海参银鱼下饺子，
听说这是北方的习惯。
饭后浓茶水果助谈天，
天津梨子真新鲜！
吾乡雪梨岂不好，
比起他来不值钱！
若问谈的什么事，
这个更不容易记。
象是易卜生和白里欧，
这本戏和那本戏。
吃完梨子喝完茶，
夜深风冷独回家，
回家写了一封除夕信，
预备明天寄与"他"！

1918 年 2 月

胡　说

可怜陆士衡，
作诗爱拟古！
更怜现在的诗人，
作诗要"拟陆士衡拟古"！
不知最古的诗人，
作诗是"拟古"呢？还是"拟古人拟古"？

1918 年 2 月

本诗原载 1918 年 3 月 15 日《新青年》第 4 卷第 3 号。前言云
"北京中华报艺林门有'拟陆士衡拟古'及'拟江文通拟古'诸诗。
吾读之戏作一诗。"

四月二十五夜

吹了灯儿，卷开窗幕，放进月光满地。
对着这般月色，教我要睡也如何睡！
我待要起来遮着窗儿，推出月光，
又觉得有点对他月亮儿不起。
我终日里讲王充、仲长统、阿里士多德，爱比苦拉斯……
几乎全忘了我自己！
多谢你殷勤好月，提起我过来哀怨，过来情思。
我就千思万想，直到月落天明，也甘心愿意！
怕明夜，云密遮天，风狂打屋，何处能寻你！

1918 年 4 月 25 日

本诗原载 1918 年 7 月 15 日《新青年》第 5 卷第 1 号。据 1921
年 9 月 16 日作者日记，发表时删去了最末一句："行乐尚须及时，
何况事功！何况学问！"

戏孟和

这个说，"我出了好几次'险'，不料如今又碰着你。"
那个说，"我看你今番有点难躲避。"
这个说，"我这回就冒天大的险，也甘心愿意。"
我笑你俩儿不通情理，
就有了十分欢喜，若不带一分儿险，还有什么趣味？

1918 年 4 月

本诗原载 1918 年 7 月 15 日《新青年》第 5 卷第 1 号。

看 花

院子里开着两朵玉兰花，三朵月季花，
红的花，紫的花，衬着绿叶，映着日光，怪可爱的。
没人看花，花还是可爱；
但有我看花，花也好象更高兴了。
我不看花，也不怎么，
但我看花时，我也更高兴了。
还是我因为见了花高兴，故觉得花也高兴呢？
还是因为花见了我高兴，故我也高兴呢——
人生在世，须使可爱的见了我更可爱，
须使我见了可爱的我也更可爱！

1918 年 5 月

本诗原载 1920 年 3 月初版《尝试集》。

奔丧到家

往日归来，才望见竹竿尖，才望见吾村，
便心头狂跳，遥知前面，老亲望我，含泪相迎。
"来了？好呀！"——别无他话，说尽心头欢喜悲酸无限情。
偷回首，揩干泪眼，招呼茶饭，款待归人。

今朝——
依旧竹竿尖，依旧溪桥，
只少了我的心头狂跳——
何消说一世的深恩未报！
何消说十年来的家庭梦想都——云散烟消——
只今日到家时，更何处能寻他那一声"好呀！来了！"……

1918 年 12 月 1 日

本诗原载 1918 年 12 月 22 日《每周评论》第 1 号。作者母亲冯顺弟病殁于 1918 年 11 月 23 日。作者携妻江冬秀 11 月 25 日星夜离京奔归，12 月 1 日始到绩溪老家。

"应该"

他也许爱我——也许还爱我——
但他总劝我莫再爱他。
他常常怪我；
这一天他眼泪汪汪的望着我，
说道："你如何还想着我？
你想着我，又如何能对他？
你要是当真爱我，
你应该把爱我的心爱他，
你应该把待我的情待他。"

他的话句句都不错：
上帝帮我！
我"应该"这样做！……

1919 年 3 月 20 日

本诗原载 1919 年 4 月 15 日《新青年》第 6 卷第 4 号。据前言
称这是作者改写亡友倪曼陀《奈何歌》（二十首）中第十五、十六
两首而做成的一首白话诗。他说对于亡友，"我这首诗也可以算是
表章哀情的微意了。"

一涵！

一涵！
月亮正在你的房子上，
正照在我的窗子上。
你想我如何能读书，
如何能把我的心关在这几张纸上！

1919 年 4 月

本诗原载 1919 年 4 月 15 日《新青年》第 6 卷第 4 号。"一涵"，
即高一涵。

送任叔永回四川

你还记得，绮色佳城，凯约嘉湖上，
山前山后，多少瀑泉奇绝，
更添上远远的一线湖光；
瀑溪的秋色，西山的落日，真个无双；
还有那到枕的湍声，夜夜像骤雨打秋林一样？
那是你和我最难忘的"第二故乡"。
如今回想，
往日的交情，旧游的风景，
一半在你我的诗囊，一半在梦魂中来往。

你还记得，
我们暂别又相逢，正是赫贞春好？
记得江楼同远眺，云影渡江来，惊起江头鸥鸟？
记得江边石上，同坐看潮回，浪声遮断人笑？
记得那回同访友，日暗风横，林里陪他听松啸？

这回久别再相逢，便又送你归去，未免太匆匆！
多亏得天意，多留你两日，使我做得诗成相送。
万一这首诗赶得上远行人，
多替我说声"老任珍重珍重！"

1919 年 4 月 18 日

本诗收入初版《尝试集》时第一段字句改动颇大。

一颗星儿

我爱你这颗顶大的星儿，
可惜我叫不出你的名字。
平日黄昏时候，
霞光遮尽了满天星，
总不能遮住你。
今天风雨后，
闷沉沉的天气，
我望遍天边，寻不见一点半点光明，
回转头来，
只有你在那杨柳高头依旧亮晶晶地。

1919 年 4 月 25 日

本诗原载 1919 年 8 月 10 日《每周评论》第 34 号。收入初版《尝试集》时字句略有改动。

威 权

一

威权坐在山顶上，
指挥一班铁索锁着的奴隶替他开矿。
他说："你们谁敢不尽力做工？
我要把你们怎么样就怎么样！"

二

奴隶们做了一万年的苦工，
头颈上的铁索渐渐地磨断了。
他们说："等到铁索断时，我们要造反了！"

三

奴隶们同心合力，
一锄一锄的掘到山脚底。
山脚底挖空了，
威权倒撞下来，活活的跌死！

1919 年 6 月 11 日

本诗原载 1919 年 6 月 29 日《每周评论》第 28 号。

自题《藏晖室札记》十五册汇编

从前有怡荪爱你们，
把你们殷勤收起，深深藏好。
与今怡荪死了，谁还这样看待你们？
我怕你们拆散了，故叫钉书的把你们装好书。

你们不是我一个人做的。
因为怡荪爱着你们，夸奖你们，
故你们是我为怡荪做的，——
是我和怡荪两个人做的。

怡荪死了，你们也停止了。
可怜我的怡荪死了。

1919 年 7 月 30 日

本诗原载 1920 年 3 月初版《尝试集》。

我的儿子

我实在不要儿子，
儿子自己来了。
"无后主义"的招牌，
于今挂不起来了！
譬如树上开花，
花落天然结果。
那果便是你，
那树便是我。
树本无心结子，
我也无恩于你。
但是你既来了，
我不能不养你教你，
那是我对人道的义务，
并不是待你的恩谊。
将来你长大时，
这是我所期望于你：
我要你做一个堂堂的人，
不要你做我的孝顺儿子。

1919 年 7 月 30 日

本诗原载 1919 年 8 月 3 日《每周评论》第 33 号。收入初版《尝试集》时"这是我所期望于你"一句改为"莫忘了我怎样教训儿子"。

乐　观

一

"这柯大树很可恶，
他碍着我的路！
来！
快把他斫倒了，
把树根亦掘去——
哈哈！好了！"

二

大树被斫做柴烧，
树根不久也烂完了。
斫树的人很得意，
他觉得很平安了。

三

但是那树上还有许多种子——
很小的种子，裹在有刺的壳里——
上面盖着枯叶，
叶上堆着白雪，

很小的东西，谁也不注意。

四

雪消了，
枯叶被春风吹跑了。
那有刺的壳都裂开了，
每个上面长出两瓣嫩叶，
笑迷迷的好象是说：
"我们又来了！"

五

过了许多年，
坝上田边，都是大树了。
辛苦的工人，在树下乘凉，
聪明的小鸟，在树上歌唱——
那斫树的人到哪里去了？

1919 年 9 月 26 日

本诗录自初版《尝试集》。前言云："《每周评论》于八月三十日被封禁。国内的报纸很多替我们抱不平的。我做这首诗谢谢他们。"原载 1919 年 9 月 28 日《星期评论》第 17 号时有副题：《答谢季陶先生的〈可怜的他〉和玄庐先生的〈光〉》。

上 山

"努力！努力！
努力望上跑！"

我头也不回，
汗也不揩，
拼命的爬上山去。

"半山了，努力！
努力望上跑！"

上面已没有路，
我手攀着石上的青藤，
脚尖抵住岩石缝里的小树，
一步一步的爬上山去。

"小心点！努力！
努力望上跑！"

树桩扯破了我的衫袖，
荆棘刺伤了我的双手，
我好容易打开了一条路爬上山去。

　　"好了！上去就是平路了！
　　努力！努力望上跑！"

　　上面果然是平坦的路，
　　有好看的野花，
　　有遮阴的老树。

　　但是我可倦了，
　　衣服都被汗湿遍了，
　　两条腿都软了。

　　我在树下睡倒，
　　闻着那扑鼻的草香，
　　便昏昏沉沉的睡了一觉。

　　睡醒来时，天已黑了，
　　路已行不得了，
　　"努力"的喊声也灭了……

　　猛省！猛省！
　　我且坐到天明，
　　明天绝早跑上最高峰，
　　去看那日出的奇景！

1919 年 9 月 28 日

本诗原载 1919 年 12 月 1 日《新潮》第 2 卷第 2 号。

周 岁
——祝《晨报》一年纪念

唱大鼓的唱大鼓，
变戏法的变戏法。
彩棚底下许多男女宾，
挤来挤去热闹煞！

主子抱出小孩子——
这是他的周岁——
我们大家围拢来，
给他开庆祝会。

有的祝他多福，
有的祝他多寿。
我也挤上前来，
郑重祝他奋斗。

"我贺你这一杯酒，
恭喜你奋斗了一年
恭喜你战胜了病魔，
恭喜你平安健全。"

"我再贺你一杯酒，
祝你奋斗到底：

你要不能战胜病魔，
病魔会战胜了你！"

1919 年 11 月 27 日

本诗原载 1919 年 12 月 1 日《晨报副刊》。

一颗遭劫的星

热极了！
更没有一点风！
那又轻又细的马缨花须，
动也不动一动！

好容易一颗大星出来，
我们知道夜凉将到了——
仍旧是热，仍旧没有风，
只是我们心里不烦躁了。

忽然一大块黑云，
把那颗清凉光明的星围住；
那块云越积越大，
那颗星再也冲不出去！

乌云越积越大，
遮尽了一天的明霞；
一阵风来，
拳头大的雨点淋漓打下！

大雨过后，
满天的星都放光了，

那颗大星欢迎着他们，
大家齐说，"世界更清凉了！"

1919 年 12 月 17 日

本诗原载 1920 年 3 月初版《尝试集》。前言云："《国民公报》响应新思潮最早，遭忌也最深。今年十一月被封，主笔孙几伊君被捕。十二月四日判决，孙君定监禁十四个月的罪。我为这事做这诗。"

示　威

威武的军人，鲜明的刺刀，
排列在总司令部的门口，
拦住了车马行人，
"过不去！打交民巷走！"

里面，一辆露天的大车，
装着两三个囚犯。
外面，行人垫起脚尖，
伸直了脖子看！

一个年轻的犯人
——很清秀的相貌
竟站不住了，
身子往后跌倒。

一个中年的犯人，
望着那晕倒的人冷笑；
他忽然很悲壮的唱起来，
仿佛是说道：
"俺做事一人担当，
怕死的不算好汉！
再等俺二十年，

俺又是一条好汉！"

灰色的军衣，黄色黑色的军衣，
——人数数不清楚
明晃晃的刺刀，威武的军人，
护着那两三个人游街去。

那和气的警察赶开行人：
"上天桥瞧去！"
看的人也彼此招呼：
"喒们天桥瞻热闹去。"

1920 年 1 月

本诗原载 1920 年 9 月再版《尝试集》（上海亚东图书馆）。小序云："老子说'民不畏死，奈何以死惧之？'这话说了两千五百年，到如今还有杀人先游街示众的事！"

蔚蓝的天上

蔚蓝的天上，
这里那里浮着两三片白云；
暖和的日光，
斜照着一层一层的绿树，
斜照着黄澄澄的琉璃瓦：——
只有那望不尽的红墙，
衬得住这些颜色！

下边，
一湖新出水的荷叶，
在凉风里笑的狂抖。
那黝绿的湖水
也吹起几点白浪，
陪着那些笑弯了腰的绿衣女郎微笑！

1920 年 6 月 23 日

本诗原载 1920 年 9 月再版《尝试集》。

追悼许怡荪

怡荪,
我想象你此时还在此!
你跑出门来接我,
我知道你心里欢喜。

你夸奖我的成功,
我也爱受你的夸奖;
因为我的成功你都有份,
你夸奖我就同我夸奖你一样。

我把一年来的痛苦也都告诉了你,
我觉得心里怪轻松了;
因为有你分去了一半,
这担子自然不同了。

我们谈到半夜,
半夜我还不肯就走。
我记得你临别的话:
"适之,大处着眼,小处下手。"……

车子忽然转弯,
打断了我的梦想。

怡荪！
你的朋友还同你在时一样！

1920 年 7 月 5 日

注：本诗原载 1920 年 10 月 1 日《新青年》第 8 卷第 2 号。
前言云："人生能得几个好朋友？况怡荪益我最厚，爱我最深，期
望我最笃！"

一 笑

十几年前，
一个人对我笑了一笑。
我当时不懂得什么，
只觉得他笑的很好。

那个人后来不知怎样了，
只是他那一笑还在：
我不但忘不了他，
还觉得他越久越可爱。

我借他做了许多情诗，
我替他想出种种境地：
有的人读了伤心，
有的人读了欢喜。

欢喜也罢，伤心也罢，
其实只是那一笑。
我至今还不曾寻着那笑的人，
但我很感谢他笑的真好。

1920 年 8 月 12 日

本诗原载 1920 年 9 月再版《尝试集》。

我们三个朋友
——赠任叔永与陈莎菲

上

雪全消了，
春将到来，
只是寒威如旧。
冷风怒号，
万松狂啸，
伴着我们三个朋友。

风稍歇了，
人将别了，——
我们三朋友。
寒流秃树，
溪桥人语，——
此会何时能有？

下

别三年了！
月亮月了，
照着一湖荷叶；
照着钟山。

照着台城，
照着高楼清绝。

别三年了，
又是一种山川了，——
依旧我们三朋友。
此景无双，
次日最难忘，——
让我的新诗祝你们长寿！

1920 年 8 月 22 日

本诗原载 1920 年 11 月 1 日《新青年》d 第 8 卷第 3 号。

湖 上

水上一个萤火，
水里一个萤火，
平排着，
轻轻地，
打我们的船边飞过。
他们俩儿越飞越近，
渐渐地并作了一个。

1920 年 8 月 24 日

本诗原载 1920 年 11 月 1 日《新青年》第 8 卷第 3 号。序云："九·
八，二四夜游后湖——即玄武湖——主人王伯秋要我作诗，我竟做
不出诗来，只好写一时所见，作了这首小诗。"

艺 术

我忍着一副眼泪，
扮演了几场苦戏，
一会儿替人伤心，
一会儿替人着急。

我是一个多情的人，
这副眼泪如何忍得？
做到了最伤心处，
我的眼泪热滚滚的直滴。

台下的人看见了，
不住的拍手叫好——
他们看他们的戏，
那懂得我的烦恼？

1920 年 9 月 22 日

本诗原载 1920 年 11 月 1 日《新青年》第 8 卷第 3 号。序云："报载英国第 '莎翁剧家' 福北洛柏臣（Forbes Robertson）现在不登合了，他最后的 '告别辞' 说，他自己做戏的秘诀只有一句话：'我做戏要做的我自己充分愉快。' 这句话不单可适用于做戏，一切艺术都是如此。病中无事，戏引伸这句话做成一首诗。"

例 外

自从我闭门谢客，
果然客渐稀疏。
最顽皮的是诗神，
挡驾也挡他不住。

我把酒和茶都戒了，
近来戒到淡巴菰；
本来还想戒新诗，
只怕我赶诗神不去。

诗神含笑说：
"我来决不累先生。
谢大夫不许你劳神，
他不能禁你偶然高兴。"

他又涎着脸动我：
"新诗做做何妨？
做得一首好诗成，
抵得吃人参半磅！"

1920 年 10 月 6 日

本诗原载 1920 年 11 月 1 日《新青年》第 8 卷第 3 号。收入
1922 年 10 月增订四版《尝试集》时删去了第一段。

梦与诗

都是平常经验，
都是平常影象，
偶然涌到梦中来，
变幻出多少新奇花样！

都是平常情感，
都是平常言语，
偶然碰着个诗人，
变幻出多少新奇诗句！

醉过方知酒浓，
爱过方知情重——
你不能做我的诗，
正如我不能做你的梦。

1920 年 10 月 10 日

本诗原载 1921 年 1 月 1 日《新青年》第 8 卷第 5 号。有跋云：
"这是我的'诗的经验主义'。简单一句话：做梦尚且要经验做底子，
何况做诗？现在人的大毛病就在爱做没有经验做底子的诗。"

失　望

菊花叶上沾着点尘土，
永儿嫌他们的颜色不好，
他就用永来洒他们，
说，"给他们洗一个澡！"

过了几天，梦麟见了大笑，
他说，"适之家里那配种菊花！
把菊花的叶子都烂掉了，
这难道是种花的新法！"

我也有点难为情，
便问，"这是谁干的事？
怎么把水淋菊花，
教叶子烂成这个样子！"

永儿有点不服气，
他说，"菊花不是能'傲霜'吗？
怎样几滴水都禁不起？
这不是上了诗人的当吗？"

1920 年 11 月 6 日

本诗录自 1924 年 10 月上海亚尔图书馆出版的《胡思永的遗诗》一书的附录。胡思永有《答四叔的失望》诗。

十一月二十四夜

老槐树的影子，
在月光的地上微晃，
枣树上还有几个干叶，
时时做出一种没气力的声响。

西山的秋色儿回招我，
不幸我被我的病拖住了。
现在他们说我快要好了
那幽艳的秋天早已过去了。

1920 年 11 月 25 日

本诗原载 1921 年 1 月 1 日《新青年》第 8 卷第 5 号。

三年了

三年了！
究竟做了些什么事体？
空惹得一身病，
添了几岁年纪！

1920 年

本诗录自 1921 年 7 月 8 日作者日记。日记云："去年我病中曾有《三年了》诗，只成前几节。"这是第一节。1970 年 6 月台北胡适纪念馆影印的《胡适手稿》第 10 函下册也只见有这一节的手迹。

醉与爱

你醉里何尝知酒力？
你只和衣倒下就睡了。
你醒来自己笑道，
"昨晚当真喝醉了！"

爱里也只是爱——
和酒醉很相像的。
直到你后来追想，
"哦！爱情原来是这么样的！"

1921 年 1 月 27 日

本诗原载 1921 年 1 月 31 日上海《民国日报》"觉悟"副刊。
收入增订四版《尝试集》时，有序云："浓玄庐说我的诗'醉过才
知酒浓，爱过才知情重'的两个'过'字，依他的经验，应该改作'里'
字。我戏做这首诗答他。""才知"疑是"方知"之误。

平民学校校歌

靠着两只手，
拼得一身血汗，
大家努力做个人——
不做工的不配吃饭！

做工即是学，
求学即是做工：
大家努力做先锋
同做有意识的劳动！

　　　　　1921 年 4 月 12 日

　　本诗原载 1922 年 7 月 1 日《新青年》第 9 卷第 6 号。此歌是"为
北京高师平学校作的"。

死　者

他身上受了七处刀伤，
他微微的一笑，
什么都完了！
他那曾经沸过的少年血，
再也不会起波澜了！

我们脱下帽子，
恭敬这第一个死的——
但我们不要忘记：
请愿而死，究竟是可耻的！

我们后死的人，
尽可以革命而死！
尽可以力战而死！
但我们希望将来，
永没有第二个人请愿而死！

我们低下头来，
哀念这第一个死的——
但我们不要忘记：

请愿而死，究竟是可耻的！

1921 年 6 月 17 日

本诗录自同日作者日记。"死者"即庆安请愿中被军队刺身死的姜高琦。

临行赠蜷庐主人

"结庐在人境，
而无车马喧。
问君何能尔，
心远地自偏。"

我爱读这首诗，
但我不大信这话是真的；
我常想，古人说"大隐在城市"，
大概亦是骗骗人的。

自从我来到蜷庐，
我的见解不能不变了：
这园子并非地偏，
只是主人的心远了。

主人也是名利场中的过来人，
但现在寻着了他的新乐趣：
他在此凿池造山，栽花种竹，
三年竟不肯走出园子去。

他是一个聪明人，
他把聪明用在他的园子上；

他有时也不免寂寞，
他把寂寞寄在古琴的弦上。

我来打破了园中的幽静，
心里总觉得对他不起；
幸而接着下了几天的大雨，
把园子大洗了一洗。

雨住了，
园子变成小湖了；
水中都是园亭倒影，
又一个新蜷庐了！

多谢主人，
我去了！
两天之后，
满身又是北京的尘土了！

1921 年 9 月 7 日

本诗录自同日作者日记。"蜷庐主人"即汪惕予。

希 望

我从山中来，带得兰花草；
种在小园中，希望开花好。

一日望三回，望到花时过；
急坏种花人，苞也无一个！

眼见秋天到，移花供在家；
明年春风回，祝汝满盆花！

　　　　1921 年 10 月 4 日

本诗原载 1922 年 7 月 1 日《新青年》第 9 卷第 6 号。

小刀歌

他不用手枪，
他不用炸弹。
他只用一把小刀，
他是个好汉。

1921 年 11 月 6 日

本诗录自 1970 年 6 月台北胡适纪念馆影印《胡适手稿》第 10 函下册。作者同一目的日记中有这样的话："报载日本首相原敬昨日在车站被一个十九岁的少年用短刀刺死了！此事在日本思想界的影响一定很大。"1947 年 12 月 24 日又加了一段后记："此事是日本宪政崩溃的开始。原敬、滨口都是平民组阁，都死于暗杀！我当时不知道日本的情形，故有此谬妄的意见。"

晨星篇

——送叔永莎菲到南京

我们去年那夜，
豁蒙楼上同坐；
月在钟山顶上，
照见我们三个。
我们吹了烛光，
放进月光满地；
我们说话不多，
只觉得许多诗意。

我们做了一首诗，
一首没有字的诗——
先写着黑暗的夜，
后写着晨光来迟；
在那欲去未去的夜色里，
我们写着几颗小晨星，
虽没有多大的光明，
也使那早行的人高兴。

钟山上的月色，
和我们别了一年多了；
他这回照见你们，
定要笑我们这一年匆匆过了。

他念着我们的旧诗，
问道，"你们的晨星呢？
四百个长夜过去了，
你们造的光明呢？"

我的朋友们，
我们要暂时分别了；
"珍重珍重"的话，
我也不再说了——
在这欲去未去的夜色里，
努力造几颗小晨星；
虽没有多大的光明，
也使那早行的人高兴！

1921 年 12 月 8 日

本诗原载 1922 年 4 月 19 日《晨报副镌》。

提《学衡》

老梅说，
"《学衡》出来了，老胡怕不怕？"
老胡没有看见什么《学衡》，
只看见了一本《学骂》！

1922 年 2 月 4 日

小诗两首

一

开的花还不多，
且把这一树嫩黄的新叶，
当作花看罢。

二

我们现在从生活里，
得着相互的同情了。
也许人们不认得这就是爱哩。

1922 年 4 月 10 日

本诗原载 1922 年 4 月 19 日《晨报副镌》。据作者 1922 年 4 月 10 日的日记称，第一首是从六年前在美国写的一句诗"高枫叶细当花看"衍化出来的。

努力歌

"这种情形是不会长久的。"
朋友，你错了。
除非你和我不许他长久，
他是会长久的。

"这种事要有人做。"
朋友，你又错了。
你应该说，
"我不做，等谁去做？"

天下无不可为的事，
直到你和我——自命为好人的——
也都说"不可为"，
那才真是不可为了。

阻力吗？
他是黑暗里的一个鬼；
你大胆走上前去，
他就没有了。

朋友们，
我们唱个《努力歌》：

"不怕阻力！
不怕武力！
只怕不努力！
努力！努力！"

"阻力少了！
武力倒了！
中国再造了！
努力！努力！"

1922 年 5 月 2 日

本诗原载 1922 年 5 月 7 日《努力周报》第一期。

后努力歌

"没有好社会，那有好政府？"
"没有好政府，那有好社会？"
这一套连环，如何解得开呢？

"教育不良，那有好政治？"
"政治不良，那能有教育？"
这一套连环，如何解得开呢？

"不先破坏，如何建设？"
"没有建设，如何破坏？"
这一套连环，又如何解得开呢？

当年齐国有个君王后，
她不肯解一套玉连环，
她提起金椎，一椎锤碎了。

我的朋友们，你也有一个金椎，
叫做"努力"，又叫做"干"！
你没有下手处吗？
从下手处下手！
"干"的一声，连环解了！

1922 年 5 月 25 日

有　感

咬不开，捶不碎的核儿，
关不住核儿里的一点生意；
百尺的宫墙，千年的礼教
锁不住一个少年的心！

1922 年 6 月 6 日

读李慈铭的《越缦堂日记》

一

五十一本日记，
写出先生性情；
还替那个时代，
留下片面写生。

二

三间五间老屋
七石八石俸米；
终年不上衙门，
埋头校经校史。

三

宁可少睡几觉，
不可一日无书；
能读能校能注，
先生不是蠹鱼！

四

前日衙门通告，
明朝陪祭郊坛。
京城有那么大，
向谁去借朝冠？

五

最恨"孝廉方正"，
颇怜霞芬、玉仙：
常愁瓮中无米，
莫少诸郎酒钱。

六

这回先生病了，
连个药钱也无。
朋友劝他服药，
家人笑他读书！

七

猪头私祭财神，
图个"文章利市"；
祭罢放串爆杖，
赶出一窝穷鬼！

八

买了一双靴子，
一着就是十年！
当年二十四吊，
今回二两九钱！

九

铁路万不可造，
彗星着实可怕——
四十年前好人，
后人且莫笑话！

1922 年 7 月 21 日

本诗录自同日作者日记。《胡适之先生诗歌手迹》只收（二）（四）（五）（七）（八）五首，且次序、字句均有不同。

题半农买的黛玉葬花画

没见过这样淘气的两个孩子！
不去爬树斗草同嬉戏！
花落花飞飞满天，
干你俩人什么事！！

1922 年 7 月

本诗录自《胡适手稿》第 10 函下册。

大明湖

哪里有大明湖！
只看见无数小湖田，无数芦堤，
把一片好湖光，
划分得七零八落！

这里缺少一座百丈的高楼，
使游人把眼界放宽，
超过这许多芦堤柳岸，
打破这种种此疆彼界，
依然寻出一个大明湖！

1922 年 10 月 12 日

本诗录自作者日记，载 1922 年 10 月 22 日《努力周报》第 25 期时，字句略有改动。

回　向

他从大风雨里过来，
爬向最高峰上去了。
山上只有和平，只有美；
没有风和雨了。

他回头望着山脚下，
想起了风雨中的同伴，
在那密云遮着的村子里，
忍受那风雨中的沉暗。

他舍不得他们，
但他又怕那山下的风雨。
"也许还下雹呢？"
他在山上自言自语。

他终于下山来了，
向着那密云遮处走。
"管他下雨下雹！
他们受得，我也能受！"

1922 年 10 月 19 日

本诗录自同目作者日记。"回向"是《华严经》里的一个重要观念。作者自称："我的诗是用世间法的话来述这一种超世间法的宏愿。"载 1922 年 10 月 22 日《努力周报》第 25 期。

别　赋

我们蜜也似的相爱，
心里很满足了。
一想到，一提及离别，
我们便偎着脸哭了。

那回——三月二十八——
出门的日子都定了。
他们来给我送行；
忽然听说我病了——

其实是我们哭了两夜，
眼睛都肿成核桃了；
我若不躲在暗房里，
定要被他们嘲笑了。

又挨了一个半月，
我终于走了。
这回我们不曾哭，
然而也尽够受了。

前一天——别说是睡——
我坐也坐不住了。

我若不是怕人笑，
早已搭倒车回去了！

第二天——稍吃了点饭；
第三晚竟能睡了。
三个月之后，
便不觉得别离的苦味了。

半年之后，
习惯完全征服了相思了。
"我现在是自由人了！
不再做情痴了！"

1923 年 1 月 1 日

本诗录自《胡适之先生诗歌手迹》。

西　湖

十七年梦想的西湖，
不能医我的病，
反使我病的更利害了！

然而西湖毕竟可爱。
轻烟笼着，月光照着，
我的心也跟着湖光微荡了。

前天伊却未免太绚烂了！
我们只好在船篷阴处偷觑着。
不敢正眼看伊了。

最好是密云不雨的昨日，
近山都变成远山了，
山头的云雾慢腾腾地卷上去。

我没有气力去爬山
只能天天在小船上荡来荡去，
静瞧那湖山诸峰从容地移前退后。

听了许多毁谤伊的话而来，
这回来了，只觉得伊更可爱，

因而不舍得匆匆就离别了。

1923 年 5 月 3 日

本诗录自《胡适手稿》第 10 函下册。

南高峰看日出

时候似乎已很晚了，
我们等的不耐烦了。
东方还只是一线暗淡的红云，
还只是一颗傲茫的晨星，
还指不定那一点是日出的所在。
晨星渐渐淡下去了，
红云上面似乎有一处特别光亮了；
山后的月光仍旧耀着，
海上的日出仍旧没有消息了，
我们很疑心这回又要失望了。
忽然我们一齐站起来了，
起来了，现在真起来了。
先只象深夜远山上的一线野烧，
立刻就变成半个灿烂月华了，
一个和平温柔的初日冉冉的全出来了。
我们不禁喊道，这样平淡无奇的日出！
但我们失望的喊声立刻就咽住了，
那白光的日轮里忽然涌出无数青莲色的光轮，
神速地射向人间来，
神速地飞向天空去。
一霎时满空中都是青色的光轮了，
一霎时山前的树上草上都停着青莲色的光轮了。

我们再抬头时，日轮里又射出金碧色的光轮来了，

一样神速地散向天空去，

一样神速地飞到人间来，

一样神妙地飞集在山前的树叶上和草叶上。

日轮里的奇景又幻变了，

金碧色的光轮过去了，艳黄色的光轮接着飞射出来，

艳黄色的光轮飞尽了，玫瑰红的光轮又接着涌出来。

一样神速地散向天空去，

一样神速地飞到人间来，

一样奇妙地飞集在树叶和草叶上和我们的白衣裳上，

玫瑰红的光轮涌射的最长久。

满空中正飞着红轮时，

忽然那白光的日轮什么都没有了，

那和平温柔的朝日忽然变严厉了。

积威的光针辐射出来，

我们不自主地低下头去，

只见一江的江水都变成灿烂的金波了，

朝日已升的很高了。

1923 年 7 月 31 日

本诗原载 1923 年 8 月 12 日《努力周报》第 65 期。附记云"七月二十九日晨与任白涛先生曹佩声女士在西湖南高峰看日出，后二日，奇景壮观，犹在心目，遂写成此篇。"

送高梦旦先生诗为仲洽书扇

在我的老辈朋友之中，
高梦旦先生要算是最无可指摘的了。
他的福建官话，我只觉得妩媚好听；
他每夜大呼大喊地说梦话，
我觉得是他的特别风致。
甚至于他爱打马将，我也觉得他格外近人情。
但是我有一件事不能不怨他：
他和仲洽在这里山上的时候，
他们父子两人时时对坐着，
用福州话背诗、背文章、作笑谈，作长时间的深谈，
象两个最知心的小朋友一样——
全不管他们旁边还有两个从小没有父亲的人，
望着他们，妒在心头，泪在眼里！
——这一点不能不算是高梦旦先生的罪状了！

1923 年 8 月 2 日

本诗及《梅树》均录自《胡适手稿》第 10 函下册。

龙　井

小小的一池泉水，
人道是有名的龙井。
我来这里两回游览，
只看见多少荒凉的前代繁荣遗影。
小楼一角，可望见半个西湖。
想当年是处有画阁飞檐，行宫严整。
于今只见一段段的断碑铺路，
石上依稀还认得乾隆御印。
峥嵘的"一片云"上，
风吹雨打，蚀净了皇帝题诗，
只剩得庚子纪年堪认。
斜阳影里，游人踏遍了山后山前，
到处开着鲜红的龙爪花，
装点着那瓦砾成堆的荒径。

1923 年 9 月 13 日

本诗录自《胡适之先生年谱长编初稿》第 2 册（胡颂平编著，
台北联经出版事业公司 1984 年印行）。

梅 树

树叶都带着秋容了，
但大多数都还在秋风里撑持着。
只有山前路上的许多梅树，
却早已憔悴的很难看了。
我们不敢笑他们早凋，
让他们早早休息好了，
明年仍赶在百花之先开放罢！

1923 年 9 月 26 日

据作者日记，本诗 9 月 23 日的草稿题为《烟霞洞杂诗》之一。

烟霞洞

我来正碰着黄梅雨，
天天在楼上看山雾。
刚才看白云遮没了玉皇山，
我回头已不见了楼前的一排大树！

1923 年 9 月 29 日

本诗录自《胡适之先生诗歌手迹》。原署日期（5月）有误，据《胡适的日记》（手稿本）应为 9 月 29 日。

十月廿三日的日出

东方天与湖山相接处，
还是很暗惨地被云遮了。
但半空中一大块乌云，
却早已镶上了金光的边。

一霎时，天和湖水的中间，
血红的日轮很吃力地冲出来了。
那暗惨的黑云烘托着他，
似乎再遮他不住了。

忽然红轮上显出一条黑带，
一球红玉分作两半了。
黑云四面围拢来，
浑圆的日轮被挤成三角形了。

那三角形的红光终于被吞没了，
黑云也渐渐地变成灰色。
灰色的浓云弥满了天空，
这一天从此不见太阳了。

湖楼上诗人坐着感叹：
今天感觉阴雨的沉闷的人们，

谁曾看见，谁曾领略，
太阳今早上那一番光荣的失败？

1923 年 10 月 26 日

本诗原载 1924 年 12 月 31 日出版之《晨报六周年纪念增刊》。

秘魔崖月夜

依旧是月圆时，
依旧是空山，静夜。
我独自踏月归来，
这凄凉如何能解！

翠微山上的一阵松涛，
惊破了空山的寂静。
山风吹乱了窗纸上的松痕，
吹不散我心头的人影。

1923 年 12 月 22 日

　　本诗原载《晨报六周年纪念增刊》。1981 年徐志摩死后，作者又抄了这首诗作为纪念，改题为《依旧月明时》。

暂时的安慰

自从南高峰上那夜以后，
五个月不曾经验这样神秘的境界了。
月光浸没着孤寂的我，
转温润了我的孤寂的心。
凉透了的肌骨都震动了，
翠微山上无数森严的黑影，
方才还象狰狞的鬼岳，
此时好象和善可亲了。
山前，直望到长辛店的一线电灯光，
天边，直望到那微茫的小星——
一切都受了那静穆的光明的洗礼，
一切都是和平的美，
一切都是慈祥的爱。

山寺的晚钟，
秘魔崖的狗叫，
惊醒了我暂时的迷梦。
是的，暂时的！
亭子面前，花房的草门掀动了，
一个花匠的头伸出来，
四面一望，又缩进去了——
静穆的月光，究竟比不上草门里的炉火！

暂时的安慰，也究竟解不了明日的烦闷呵！

1923 年 12 月 24 日

本诗录自《胡适手稿》第 10 函下册。作者在前言中说，英国诗人白朗宁影响他不少，但白朗宁的盲目乐观主义却与他的乐观主义不相同。"此诗前半几乎近似他了，然而只是一瞥的心境，不能长久存在。"

小 诗

坐也坐不下，
忘又忘不了。
刚忘了昨儿的梦，
又分明看见梦里那一笑。

1924 年 1 月 15 日

本诗录自《胡适之先生诗歌手迹》。作者曾删剩最末两句。

烦 闷

很想寻点事做，
却又是这样不能安坐。
要是玩玩罢，
又觉得闲的不好过。

提起笔来，一天只写得头二百个字。
从来不曾这样懒过，
也从来不曾这样没兴致。

1924 年 1 月 15 日

本诗录自《胡适手稿》第 10 函下册。

多 谢

多谢你能来，
慰我心中寂寞，
伴我看山看月，
过神仙生活。

匆匆离别便经年，
梦里总相忆。
人道应该忘了，
我如何忘得！

1924 年

本诗录自《胡适之先生诗歌手迹》。

记　言

"忍了好几天的眼泪，
总没有哭的机会。
今天好容易没有人了，
我要哭他一个痛快！"

"满心头的不如意，
都赶着泪珠儿跑了。
我又可以舒服儿天，
又可以跟着人们笑了。"

1925 年 6 月 2 日

本诗原载 1925 年 9 月 26 日《现代评论》第 2 卷第 42 期。
收入《胡适之先生诗歌手迹》时题作《一个人的话》。

瓶 花

满插瓶花罢出游，
莫将攀折为花愁。
不知烛照香薰看
何似风吹雨打休？
　　——范成大《瓶花》二之一

不是怕风吹雨打，
不是羡烛照香薰：
只喜欢那折花的人
高兴和伊亲近。

花瓣儿纷纷谢了，
劳伊亲手收储，
寄与伊心上的人，
当一篇没有字的情语。

1925 年 6 月 6 日

　　本诗原载 1925 年 11 月 14 日《现代评论》第 2 卷第 49 期。后
收入陆小曼编《志摩日记》并附有作者的小注："一九二五年作《瓶
花》诗寄给小曼，后来稍修改了几个字，今天重写了呈小曼。"

题凌叔华女士画的雨后西湖

一霎时雨都完了，
云都散了。
谁料这雨后的湖山，
已作了伊的画稿，
被伊留在人间了？

九百五十年的塔也坍了，
八万四千卷的经也烂了。
然而那苍凉的塔影，
引起来的许多诗意与画意，
却永永在人间了。

1925 年 7 月 27 日

本诗原载 1925 年 10 月 10 日《现代评论》第 2 卷第 44 期。

八月四夜

我指望一夜的大雨，
把天上的星和月都遮了；
我指望今夜喝的烂醉，
把记忆和相思都灭了。

人都静了，
夜已深了，
云也散干净了——
仍旧是凄清的明月照我归去——
我的酒又早已全醒了。

酒已都醒，
如何消夜永？
——周邦彦

1925 年 8 月 4 日

本诗原载 1925 年 10 月 24 日《现代评论》第 2 卷第 46 期。

也是微云

也是微云，
也是微云过后月光明。
只不见去年的游伴，
也没有当日的心情。

不愿句起相思，
不敢出门看月。
偏偏月进窗来，
害我相思一夜。

1925 年

素 斐

梦中见你的面，
一忽儿就惊觉了。
觉来终不忍开眼——
明知梦境不会重到了。

睁开眼来，
双泪迸堕，
一半想你，
一半怪我。
想你可怜，
想我罪过。
"留这只鸡等爸爸来，
爸爸今天要上山来了……"
那天晚上我赶到时，
你已死去两三回了。

病院里，那天晚上，
我刚说出"大夫"两个字，
你一声怪叫，
至今还在我耳朵边直刺。
今天梦里的病容，
那晚上的一声怪叫，

素斐，不要叫我忘了，
永永留作人们苦痛的记号！

1927 年 2 月 5 日

　　本诗原载 1927 年 5 月 14 日《现代评论》第 5 卷第 127 期。有附言云："十六年二月五日，梦中见女儿素斐，醒来悲痛，含泪作此诗。忍了一年半的眼泪，想不到却在三万里外哭她一场。"查作者 2 月 5 日日记，有云："连日失眠，下午小睡半点，梦中忽见我的女儿素斐，醒来为她掉泪不少。含泪作诗记之，随写随哭，泪混纸上。"素斐生于 1920 年 8 月 16 日，殇于 1925 年 5 月。收入《胡适之先生诗歌手迹》时删去第二段前六句。

题金陵大学四十年纪念册

四十年的苦心经营，
只落得"文化侵略"的恶名。
如果这就是"文化侵略"，
我要大声喊着，"欢迎！"

1929 年 6 月 3 日

旧 梦

山下绿丛中，
露出飞檐一角，
惊起当年旧梦，
泪向心头落。

对他高唱旧时歌，
声苦无人懂——
我不是高歌，
只是重温旧梦。

1927 年 7 月 4 日

本诗原载 1928 年 8 月《新月》第 1 卷第 6 号。收入《胡适之先生诗歌手迹》时字句略有不同。

成仁周年纪念歌

该死的钱玄同，怎么还没有死！
一生专杀古人，去年轮着自己。
可惜刀子不快，又嫌投水可耻，
这样那样迟疑，过了九月十二。
可惜我不在场，不曾来监斩你。

今年忽然来信，要做"成仁纪念"。
这个倒也不难，请先读《封神传》：
回家去挖一坑，好好睡在里面，
用草盖在身上，脚前点灯一盏，
草上再撒把米，——瞒得阎王鬼判，
瞒得四方学者，哀悼成仁大典。
年年九月十二，到处念经拜忏，
度你早早升天，免在地狱捣乱！

1927 年 8 月

本诗录自《胡适之先生诗歌手迹》。前言云："去年九月十二，玄同过四十岁生日。他从前曾说，'四十岁以上的人都应该枪毙。'今年他来信说，九月十二他要做'成仁纪念'。我做这首纪念歌寄给他。"

生　疏

多谢寄来书，
装着千分情意。
只有一分不满——
带些微客气。

十年万里的分离，
生疏也难怪。
只我开缄欢喜，
故态依然在。

1927 年

本诗录自《胡适之先生诗歌手迹》。

陶渊明和他的五柳

当年有个陶渊明，
不惜性命只贪酒。
骨硬不能深折腰，
弃官回来空两手。
瓮中无米琴无弦，
老妻娇儿赤脚走。
先生吟诗自嘲讽，
笑指篱边五株柳：
"看他风里尽低昂，
这样腰枝我无有！"

1928 年 4 月 9 日

本诗原载 1928 年 5 月 10 日《新月》第 1 卷第 3 号《庐山游记》。
附记有云："陶渊明不肯折腰，为什么却爱那最会折腰的柳树？戏
用此意作一首诗。"

三年不见他
——十八年一月重到北大

三年不见他，
就自信能把他忘了。
今天又看见他
这久冷的心又发狂了。

我终夜不成眠，
萦想着他的愁、病、衰老。
刚闭上了一双倦眼，
又只见他庄严曼妙。

我欢喜醒来，
眼里还噙着两滴欢喜的泪，
我忍不住笑出声来：
"你总是这样叫人牵记！"

1929 年 1 月 25 日

本诗录自《胡适之先生诗歌手迹》。诗末有附言："我十五年六月离开北京，由西伯利亚到欧洲。十六年一月从英国到美国。十六年五月回国，在上海租屋暂住。到十八年一月，才回到北方小住。不久又回上海。直到十九年十二月初，才把全家搬回北平。"此诗最初见于胡不归《胡适之先生传》(1941 年 12 月出版) 字句略有不同。

小　词（《好事近》）

回首十年前，
爱着江头燕子。
"一念十年不改，"
记当时私誓。

当年燕子又归来，
从此永相守。
谁给我们作证？
有双双红豆。

1929 年 2 月 13 日

本篇录自《胡适之先生诗歌手迹》。

高梦旦先生六十岁生日

他爱想问题，
从不嫌问题太小。
圣人立言救世，
话不多不少。

一生梦想大光明，
六十不知老。
这样新鲜世界，
多活几年好。

1929 年 3 月 16 日

本篇录自《胡适之先生诗歌手迹》。

中国公学运动会歌

健儿们，大家上前！
只一人第一，
要个个争先。
胜固然可喜，
败也要欣然。
健儿们，大家上前！

健儿们，大家齐来！
全体的光荣，
要我们担待。胜，要光荣的胜，
败，也要光荣的败。
健儿们，大家齐来！

1930 年 4 月 28 日

夜 坐

夜坐听声，
天地一般昏黑。
只有潮头打岸，
涌起一层银白。

忽然海上放微光，
好象月冲云破。
一点——两点——三点——
是渔船灯火。

1931 年 8 月 12 日

本诗录自《胡适之先生诗歌手迹》，有尾注云："在秦皇岛，与丁在君同住。"

十月九夜在西山

许久没有看见星儿这么大，
也没有觉得他们离我这么近。
秋风吹过山坡上七八棵白杨，
在满天星光里做出雨声一阵。

1931 年 10 月 9 日

本诗录自《胡适之先生诗歌手迹》。

怎么好？
——为燕树棠先生题冯玉祥先生画的人力车夫

苦同胞！不拉车，不能饱。
若拉车，牛马跑，
得肺病，活不了。
苦同胞，怎么好！
君不见，委员们，被鱼翅燕菜吃病了！
社会如此好不好？
一九三一·十一·十五
怎么好？我问你。
不怕天，不怕地，

怎么好？我问你。
不怕天，不怕地，
只怕贫穷人短气，
作牛作马给人骑。

怎么好？有办法。
赛先生，活菩萨，
叫以太给咱送信，
叫电气给咱打杂。

怎么好？并不难。
信科学，总好办。

打倒贫穷打倒天，
换个世界给你看。

1931 年 11 月 29 日

本诗录自《胡适之先生诗歌手迹》。手迹附冯玉祥半个月前的自题诗云："苦同胞，不拉车，不能饱。若拉车，牛马跑，得肺病，活不了。苦同胞，怎么好！君不见委员们，被鱼翅燕菜吃病了！社会如此好不好？"

狮　子
——悼志摩

狮子踏伏在我的背后，
软绵绵地他总不肯走。
我正要推他下去，
忽然想起了死去的朋友。

一只手拍着打呼的猫，
两滴眼泪湿了衣袖：
"狮子，你好好的睡罢——
你也失掉了一个好朋友。"

1931 年 12 月 4 日

本诗原载 1931 年 12 月 14 日天津《大公报》文学副刊第 205 期。作者注云："狮子是志摩住我家时最喜欢的猫。"这只猫是徐志摩送给作者的。

水　仙

陌生的笔迹，
伴着水仙两朵。
使我开缄一笑——
是谁记念着我？

邮印不分明，
这谜无从猜想。
我自临风私祝
祝寄花人无恙。

1932 年 1 月 25 日

本诗录自《胡适手稿》第 10 函下册。

猜　谜

三次寄书来，
这谜依然难解：
几个铅丝细字，
道一声"多谢"！

遥想寄书人，
应有几分不忍：
请你明明白白，
给我一封信。

　　　1932 年 2 月 13 日

本诗录自《胡适之先生诗歌手迹》。

做　迷

唯有无从猜想的谜，
才有无穷的味。
请你应许它，
应许它永没个"底"！

1932 年 5 月 22 日

题罗文干来信

电报情书骗不来，
胡涂真正不应该。
一年不得一相见
罗十相思害杀哉！

1932 年 10 月

本诗录自《胡适来往书信选》中册。

戏和周启明打油诗

先生在家象出家，
虽然弗著舍袈裟。
能从骨董寻人味，
不惯拳头打死蛇。
吃肉应防嚼朋友，
打油莫待种芝麻。
想来爱惜绍兴酒，
邀客高斋吃苦茶。

1934 年 1 月 17 日

本诗录自《胡适之先生诗歌手迹》。

题陈明蓭画《仿石田山水卷》

系艇岩边垂钓，
携琴江上看山。
写出梦中境界，
人间无此清闲。

1934 年 5 月 25 日

打油诗

是"醉"不是"罪",先生莫看错。
这样醉糊涂,不曾看见过!

1934 年 6 月 20 日

诗末原有附言:"孟真在恋爱中已近两月,终日发病。有一天来信引陶诗'君当恕醉人',误写作'罪人'。"孟真即傅斯年。

寄题相思岩

相思江上相思岩，
相思岩下相思豆。
三年结子不嫌迟，
一夜相思叫人瘦。

1935 年 1 月 24 日

本诗原载 1935 年上海国民出版社出版的《南游杂忆》。

飞行小赞

看尽柳州山，
看遍桂林山水，
天上不须半日，
地上五千里。

古人辛苦学神仙，
要守百千戒。
看我不修不炼，
也腾云无碍。

1935 年 1 月 24 日

本诗原载 1935 年 4 月 7 日《独立评论》第 145 号。

无　题（一）

寻遍了车中，
只不见他踪迹。
尽日清谈高会，
总空虚孤寂。

明知他是不曾来——
不曾来最好。
我也清闲自在，
免得为他烦恼。

1936 年 1 月 23 日

本诗录自《胡适之先生诗歌手迹》。题目为《手迹》编者所加。

无心肝的月亮

我本将心托明月，
谁知明月照沟渠！
——明人小说中有此两句无名的诗

无心肝的月亮照着沟渠，
也照着西山山顶。
他照着飘摇的杨柳条，
也照着瞌睡的"铺地锦"。

他不懂得你的喜欢，
他也听不见你的长叹。
孩子，他不能为你勾留，
虽然有时候他也吻着你的媚眼。

孩子，你要可怜他——
可怜他跳不出他的轨道。
你也应该学学他，
看他无牵无挂的多么好。

1936 年 5 月 19 日

本诗及《扔了？》均录自《胡适之先生诗歌手迹》。

燕

大海上飞翔，
不是平常雏燕。
看你飞飞飞去，
绕星球一转。

何时重看燕归来，
养得好翅膀，
看遍新鲜世界，
更高飞远上！

1936 年 7 月 22 日

本诗录自《胡适之先生诗歌手迹》。诗前题云，"写在沈燕的纪念册上。"

扔了？

烦恼竟难逃——
还是爱他不爱？
两鬓疏白发，
担不了相思新债。

低声下气去求他，
求他扔了我。
他说，"我唱我的歌，
管你和也不和！"

1936 年

新年的山歌

镗——打——双响直上天。
霹雳霹雳全红鞭。
家家户户欢欢喜喜过新年——
不用政府化费一文钱——
只害我病床上几夜不安眠！

　　　　　1937 年 2 月 13 日

本诗录自同日作者日记。

七月廿三日是高梦旦先生
周年忌日我在庐山上追念旧游作此诗

九年没有到庐山了，——
泉声山色都如旧，——
每一个峰头，每一条瀑布，
都叫我想起那同游的老友。

他爱看高山大瀑，
就如同他渴慕象个样子的人。
他病倒在游三峡上峨眉的途中，
他不懊悔那追求不倦的精神。

我知道他不要我们哭他，
他要我们向前，要我们高兴。
他要我们爬过他没有登过的高峰，
追求他没有见过的奇景。

1937 年 7 月 24 日

本诗录自同日作者日记。《胡适之先生诗歌手迹》中此诗诗题、字句均有改动。

从纽约省会奥尔巴尼回纽约市

四百里的赫贞江，
从容地流下纽约湾，
恰象我的少年岁月，
一去了永不回还。

这江上曾有我的诗，
我的梦，我的工作，我的爱。
毁灭了的似绿水长流，
留住了的似青山还在。

1938 年 4 月 19 日

本诗录自《胡适之先生诗歌手迹》。

寄给在北平的一个朋友

藏晖先生昨夜作一梦，
梦见苦雨菴中吃茶的老僧。
忽然放下茶盅出门去，
飘萧一杖天南行。
天南万里岂不大辛苦？
只为智者识得重与轻——
醒来我自披衣开窗坐，
谁人知我此时一点相思情！

1938 年 8 月 4 日

本诗录自《胡适之先生诗歌手迹》。系作者从伦敦寄给当时留居北平的周作人的。最早刊于 1962 年 3 月 1 日台北《文星》杂志第 53 期。周作人《知堂回想录》（1980 年 11 月香港三育图书公司出版）也曾载录。

追哭徐新六

拆开信封不忍看，
信尾写着"八月二十三"！
密密的两页二十九行字，
我两次三次读不完。

"此时当一切一切以国家为前提"，
这是他信里的一句话。
可怜这封信的墨迹才干，
他的一切已献给了国家。

我失去了一个最好的朋友，
这人世丢了一个最可爱的人。
"有一日力，尽一日力"——
我不敢忘记他的遗训。

1938 年 9 月 8 日

本诗录自《胡适之先生诗歌手迹》。有前言云："一九三八年八月廿四日上午，新六的飞机被日本驱逐机五架击落，被机关枪扫射，乘客十二人都死了。十日之后，我在瑞士收到他八月廿三夜写给我的一封信，是他临死的前夜写的。"

四十七岁生日

卖药游方廿二年，
人间浪说小神仙。
于今回向人间去，
洗净蓬莱再上天。

1938 年 12 月 17 日

本诗原载 1962 年 9 月台北文星书店出版的《在春风里》（陈之
藩著）。又题《自寿小诗》。

吴　歌

小"姊姊"实在有点子"促狭"，
伊要写信偏偏隔子几何日子弗肯发，
害得人眼睛也快要望瞎哉，——
故末接着伊个信阿是着实快活煞！

1941 年 10 月 31 日

本诗录自《胡适之先生诗歌手迹》。

无　题（二）

电报尾上他加了一个字，
我看了百分高兴。
树枝都象在跟着我发疯。
冻风吹来，我也不觉冷。

风呵，你尽管吹！
枯叶呵，你飞一个痛快！
我要细细的想想他，
因为他那个字是"爱"！

1941 年 12 月 17 日

本诗题目系《胡适之先生诗歌手迹》编者所加。

和杨联升诗

雪霁风尖寒澈骨，
打头板屋似蜗庐。
笑君也有闲清思，
助我终朝捆破书。
祖国大劫千载无，
暴敌杀掠烧屋庐。
可怜你我太呆不长进，
雪地冰天还要下乡收烂书。

1944 年 12 月 26 日

本诗录自《胡适手稿》第 10 函下册。

赠钮永建

冲绳岛上话南菁，
海浪天风不解听。
乞与人间留记录，
当年侪辈剩先生。

1958 年 6 月 16 日

本诗原载 1959 年 6 月 30 日台北《大陆杂志》第 18 卷第 12 期《江阴南菁书院的史料》。又题《冲绳岛上口占赠钮惕生先生》。

小诗献给天成先生

割去了一个十年的粉瘤，
我认识了一位难得的朋友。
我佩服他学而不厌的精神，
更敬重他待人的仁厚。

1959 年 6 月 4 日

本诗录自《胡适手稿》第 10 函下册。又题作《赠高天成》。

编后记

编　者

　　胡适的学术活动涉及文学、哲学、史学、考据学、教育学等多个方面，曾先后代办《努力周报》《独立评论》等刊物。作为新文化运动的倡导者之一，他还是公认的中国新诗的开创者，并出版了中国第一本白话诗集《尝试集》，为中国诗歌确立了全新的艺术形态。

　　本诗集以《胡适诗存》（胡适著，人民文学出版社，1993 年）为基础，同时参考了《中国新诗百年志》（中国作家协会诗刊社主编，中国工人出版社，2017 年）、《中国现代经典诗库》（中国社会科学院文学研究所现代文学研究室编，北岳文艺出版社，1996 年）等与胡适相关的多个版本的选本和书籍，并进行了校对与订正。在此一并感谢！

　　胡适作为中国新诗的重要开创者，他在新诗初期所进行的各种探索痕迹尤为宝贵。为了让读者更加方便地了解胡适的创作过程与创作变化，特筛选出一百余首胡适的经典诗歌，并按照创作时间的顺序进行排列。

　　由于视野、学识和资料所限，纰漏之处，在所难免，静候方家不吝赐教。

2019 年 2 月 21 日